馮唐詩百首

馮唐

寫在《馮唐詩百首·一字不刪本》前面

馮唐

顏色的極致是光，味道的極致是鹽，語言的極致是詩——讓淚水瞬間變成酒水，讓地獄瞬間變成天堂，讓石頭瞬間變成星星，讓無意義瞬間變成「雖千萬人吾往矣」。

多年使用文字，漸漸對文字有了一些控制。如果給我一年的時間，我一定能寫出一本有樣兒的長篇小說；如果給我一個月的時間，我一定能寫出一本有樣兒的短篇小說；如果給我一天的時間，我一定能寫出一篇有樣兒的雜文。但是，哪怕給我十年，我不敢確定我能寫出一首有樣兒的詩。

詩是天賦之後的天成，美石之中的美玉，花落之時的風，女神撫摸之後的離開。

但是出版一本詩集越來越難，詩集越來越難賣，讀詩的人似乎越來越少，「詩人」聽起來越來越像個罵人的詞彙。這些趨勢的根源，在於人類越來越實用，還沒充份意識到，實用的東西很快會被機器取代。按摩肉身有按摩椅，按摩心，用甚麼？

出版一本「一字不刪」的詩集，更難。這個難，只能歸因於大環境。這個大環境，既有社會層面，也有人心層面。我們每一個人，每時每刻，都在做着對人心的審查。

人心不古。那麼古的人心是甚麼？

《詩經》說：「有女懷春，吉士誘之。」

《性自命出》說：「情出於性。愛類七，唯性愛為近仁。」這句話出土於一九九三年十月，湖北省荊門市郭店楚墓戰國竹書，遺落在歷史中的儒家經典。

西漢李延年唱：「北方有佳人，絕世而獨立。一顧傾人城，再顧傾人國。寧不知傾城與傾國，佳人難再得。」

兩千年後的我們，反而被各種所謂天理和道德所約束，見不得秒殺人心的赤裸裸的詩歌。

心花不見天日，何談怒放？

《馮唐詩百首．一字不刪本》收錄了大陸版被刪掉的九首詩，是第一個完整版，完璧。為「一字不刪」感謝香港，感謝天地圖書。

千帆過盡，我最終還是個詩人，感謝天地。

諸緣忘盡未忘詩

小的時候，面前有過不完的日子，從沒見過一個死人，覺得自己必然長生。我站在陽台上，楊樹綠得發黑，我想我啥時候能夠徹底畢業，覺得遙遙無期，覺得似乎站在世界的邊上，心裏沒底，不知道前面無數的日子和這世界是一個還是兩個，是個海、是個湖、還是僅僅是個水塘，裏面有多少隻王八、烏龜、鱉。我胳膊在班上都不算粗的，更別説年級裏、學校裏、學區裏，打架不靈，於是手不釋卷，做加法，按照《書目答問》讀古漢語書，按照唐弢、鄭振鐸、曹聚仁、周作人等人的書評讀現代漢語，按照英美文學簡史看英文書，自己的無知和無力和好奇心一起成為動力，看了好些書，想盡可能多地明白人世間的道理，人一會兒糊塗，一會兒明白，一會兒又糊塗，常常恍惚。

小學快畢業的某一年，區裏教育局追新潮，不再舉辦一年一度的作文比賽，而是舉辦詩歌比賽。我語文老師是個老右派，問我會不會寫詩，我説背過很多，沒寫過，試試。我一晚上一氣兒寫了二十首，都是用現代漢語模擬唐詩詩意，主要參考書籍是《全唐詩》和《朦朧詩選》，裏面每個句子都不像人話，我估摸着，沒準評委老師看不懂又覺着有底蘊就評我當全學區第一了。

寫完了二十首詩之後，我興奮得睡不着覺兒，站在床上，天花板很低，人生第一次，我覺得自己很牛屄，天地之間，最大的就是我了。一時間，我想起那個傳說，釋迦摩尼誕生時，一手指天，一手指地，說，上天下地，唯我獨尊。一時間，我非常理解釋迦摩尼，為了表達我的心情，在二十首詩之後，在逼自己睡着之前，我又寫了一首非常直白的詩，通篇用了比喻：

印

我把月亮戳到天上
天就是我的
我把腳踩入地裏
地就是我的

我親吻你
你就是我的

詩歌比賽結果公佈了，第一不是我，詩稿也沒還我，我只記得這首直白的詩，默寫在本子上。或許就是因為這首詩，評委老師和我語文老師說，小心我有成為流氓的傾向，我語文老師又原話轉告了我媽。

三十歲以後，事雜時仄，成見日深，學醫，見了不少生生死死，覺得好些書裏的垃圾成份很高，與其看這些書，不如琢磨世界裏各種鮮活的男男女女、飛禽走獸。另外，常年在路上，吃飛機餐，睡酒店，五千本紙書不能帶在身邊。於是做減法，留七八種真的好漢語在身邊，反覆讀，反覆背。其中三種是詩：《詩經》《唐詩三百首》《千家詩》。

身體極累的時候，心極傷的時候，身外有酒，白、黃、紅，心裏有姑娘，小鳥、小獸、小妖。白黃紅流進身體，小鳥小獸小妖踏着雲彩從心裏溜達出來。身體更累，心更傷。風住了。風又起了。沿着傷口，就着酒，往下，再往下，潛水一樣，掘井一樣，挖礦一樣，運氣好的時候，會看到世界裏從來沒有的景象，極少的字詞、句子在虛幻裏發光，瓔珞一樣、珠玉一樣、眼神一樣、奶頭一樣。語言乏力，多說必然錯，只好只求直白，只用賦、比、興，直接瓔珞、珠玉、眼神、奶頭，剃掉一切多餘，比《詩經》《唐詩三百首》《千家詩》還直白，使用漢語的效率還高。

愛情

在一起就一切都對
一切
不在一起就一切都不對
一切

小的時候，看開明書局一九二六年出版的劉大白《郵吻》。他寫這首詩的時候，已經四十三歲。我心想，他真是臭流氓啊，難得的是當一輩子流氓啊，都這麼大年紀了，還詩，還情詩。

我到四十歲的時候，發現從十來歲到四十歲，也寫了百來首詩，也有情詩，也結集出版了《馮唐詩百首》。我心想，看來真是不能臧否人物，否則很容易有報應。

目錄

印

我把月亮戳到天上
天就是我的
我把腳踩入地裏
地就是我的
我親吻你
你就是我的

一九八一年五月十三日
真是我人生第一首詩。

右手

夢裏第一次下雨
天空飛舞你的身子
我扒開泥土
種下我的種子

多少年了
你不知道的種子沒有長出我的身子
我骯髒的右手是天空中飛舞的無法觸摸的你的身子

一九九九年

規矩

當我排隊等着站上小便池的時候
有人已經在大便池先尿了

一九九九年

空

沒有雙腳
我還可以走近你

沒有雙手
我還可以撫摸你

沒有心臟
我還可以思念你

沒有下體
我還可以燃燒你

無題（1）

我說
我們玩吧
周圍的傢具長出綠色的樹葉
樹葉開出細碎的花
我忘記了直立行走
你說，好呀

你說
我想你了
我的心流淌如天空
化不開的軟軟的是月亮

忘了天就亮了月亮就不存在了吧
我說，真的呀

我想你的六個瞬間

路上的人多得像螞蟻
空氣黏甜得像高粱飴
他們和我真沒關係啊
我想你

草地和松林不同方式地綠
惟一的房子和山一樣神氣
山和你一樣會唱流行歌曲
我想你

沒有終極傻屄只有更傻屄

沒有終極下作只有更下作
你如果在你的眼睛同樣會嘆息
我想你

有風在午夜三點的城市吹起
胯下的小獸咆哮頸上的仙人彈琴
有字句如鬼火在身體裏
我想你

六十八個小時的連續勞動
新長出的半截鼻毛和牙齒一樣白皙
你雙乳之間還有空床可以休息嗎
我想你

飛機上看《芭莎》雜誌

沒你漂亮的模特塗上粉底
沒你腰軟的姑娘表演舞劇
我想你

二零零七年八月十二日
Grand Hotel, Kitzbuhel, Austria

妖精

不到一百斤
包括肉和二百零六塊骨頭
簡單的直的頭髮
普通的布的小褂
「你甚麼時候上的大學啊？」
「別算了，我今年二十四啦。」

其實你已經活了二千四百年
其實我們已經見過二百四十面
其實佛在我腦幹安了三個死穴
強啡肽

不朽
你的眉眼

佛不男不女
佛的腳丫子最美麗
佛豎起中指插進我的死穴裏

「我很害怕。直覺告訴我這次死定了。」

魏文王的樂隊裏你扮演巫師
我殉葬的時候帶着純金鏈子
唐玄宗的長安城裏你講故事
我啃着大麻餡兒的燕麥甜食
汪精衛的上海你搖下車窗子
我跳下樓時用了飛鳥的姿勢

「這麼多年的交情了，
我不在乎這短短的一生一世。」

沉溺

就這樣看你
用所有眼睛和所有距離
就像風住了
風又起

淡淡地
慢慢地
輕輕地
看你

就這樣吃你

用所有牙齒和所有記憶
就像雲聚了
雲又去

稠稠地
急急地
狠狠地
吃你

中藥

世間每種草木都美
人不是

中藥很苦
你也是

我佛十四行

靈魂是用來歌唱的
精神是用來流浪的
肉體是用來上床的
佛啊，第一次着你的道
你的頭髮還很黑還很長

於是我決定忘記我決定不見你
於是我北上北極熊的肚皮是你
於是我南下南十字的星光是你
於是我東遊北海道的湯泉是你
於是我西遊莫高窟的砂岩是你

我大酒後入夢你的雙手大膽
我大藥後斷指你和指紋重現
我發下毒誓，下輩子
下輩子我做你的床單

二零零七年九月二十二日
北京

説話的愛情

你問
甚麼是愛情啊

「愛情？是一球肉吧？
有的人沒有球
有的人有個彈球
有的人有個籃球。」

你説
「最喜歡雲彩
毫無未來

一段只有兩個人的現在
寶貴到幹甚麼都是浪費
白天看雲彩
晚上躺在一起
發呆
說話
做愛
把你抽乾。」

我說
「有些樹葉
秋天就落了
春天再長出新的來
人們管這個叫變心
我的教育管這個叫凋亡

癌的產生緣於凋亡的失靈」

我問
甚麼是愛情啊
「就是見面歡喜
不見面想念
寬容和慈悲」

大理古城十二月二十四日

我想給你寄一張聖誕卡
寫很多含義模糊的話

「今夜，洱海升起的月亮巨大
比你城的太陽還大
土狗狂叫，非常害怕
今夜，十九峰面目透明
比你城的 CBD 還挺
峰間流水，峰下茶花
今夜，從蒼山門進古城給你寄卡
和你城的傻屄一樣

無數傻屄揮舞着人造雪花廝殺」

伸手，給不了你滿捧的月亮
抬頭，給不了你滿目的山光
合身，給不了你今夜三場五幕的夢鄉

緣份和概率是一回事兒吧
心痛，給不了你
我後半生小一萬個日子

讀李商隱

他在意睡眠
繡着鳳凰的多層的香香的絲棉
留着宓妃的腮紅的曹植的枕墊
醒後珠簾外細長的桂香的庭院

他關注夜晚
滿天的星星不起塵的風好房子的傍邊
開敗的荷花燒乾了的炭月光下的欄杆
熱過的酒省略萬字的眼隔座女人的臉

他記錄空幻

永遠乾枯的硯台玉石燒起來的青煙
莊周的胸椎長出翅膀不願發音的弦
張麗華的頭髮遮住臀部翹起的裙邊

一千一百年之後我惡毒地想
實在是憋得太久了吧？榮譽歸於精囊和膀胱

二零零七年十二月二十五日
大理

衣法誰得

身是菩提樹
心是明鏡台
時時勤拂拭
莫使着塵埃

菩提亦非樹
明鏡亦非台
本來無一物
何處惹塵埃

菩提大雞巴

心是紅蓮花
花開雞巴大
花謝雞巴塌

黑社會神秀手很黑，燒火的慧能是幌子
忍大師說，授衣之人，命若懸絲
掃廁所的，你好自為之

二零零八年一月十三日
胡志明市

密宗

我的杵是金剛的
我的鈴是金剛的
我周圍的海是口水的
我面前的山是屄肉的
我鈴，口水都是水
我杵，屄肉都是灰
一步不退
心粉粉碎
你他媽的怎麼還在啊

左踝搭着我的左髂
右踝搭着我的右髂
你的屁股壓着我蓮花座上的蓮花

我說，你聽我的鈴你看我的杵
你說，就好你這一口

愛

我不是自戀
我是愛人類
我不愛婦女
我只熱愛你

私奔

那是愛
那是癌
那是如來

寓意(1)

三小時二鍋頭之後
騎一棵雲煙飛走
月亮是軟的
星星是鹹的
煩嗎

四杯濃茶五寸文件
腦子和脖子一樣會酸
新艷照不露點了
明天會又排滿了
煩嗎

手是人類的陳舊的手你摸過了
話是人類的陳舊的話你聽過了
上半身和下半身的比例也平凡自然
煩嗎

二零零七最後新鐵觀音

一泡
泥土露水春朝
你脫了大衣
指尖在熱杯子壁上彈跳

二泡
桂花杏花櫻桃
「平常用甚麼香水」
「一生之水」

三泡

蓮花蘭花胡桃
死活記不起來
你頭髮盤着還是散開

四泡
滿月清風煙草
「都是男的活的，你如何挑」
「在劫難逃」

五泡
秋山柏樹雞叫
「言師操屄去，雲深不知處」
「粗俗」

六泡七泡

泥土露水春朝
「你女兒快七歲了吧」
「再來新茶，就是來年的了」

寓意(2)

尋常的草地
尋常的機場
尋常的中雨

抱你
不知道下次在哪裏，所以
再抱你

再大一點力氣
你就小到
我風衣口袋裏

之後，添了隱疾
遇到
尋常的草地
尋常的機場
尋常的中雨

會痛
從抱你的左手到抱你的右手
從蹭你頭髮的下顎到碰你靴子的腳底

中間的虛無

念燕來
綠胖紅癟春殘
頭杯酒
殘羹冷炙杯盤
首幕戲
人們走出劇院
上飛機
訂好回程航班

前戲緩
點燃事後香煙

安排

在你皮膚還細膩水滑不留手的時候
我抓緊建立細密的記憶

到你牙齒一顆顆掉光之後
我再慢慢長我的雞雞

糾纏

珊瑚長出海面伸向月亮背面
你我盤算來生不注意今天

二零零八版西遊記

電視裏放着西遊記
悟空說：你是何方妖怪
妖怪說：我是南山大王
八戒說：猴子啊快救我
午飯香起，我老爸說：吃完走走去
二零零八年了
七十歲以上的老頭剃頭只花一半的錢
七十歲以上的老頭坐公共汽車不花錢
七十歲以上的老頭逛旁邊的南山樂園不花錢
南山樂園的外門口正在修葺

工人往樹墩形狀的水泥刷上樹皮顏色的漆
南山樂園的道路正在拓寬
奧拓長安吉利奇瑞比亞迪停在人行道邊
南山樂園的內門口正常運營
一米四以上的兒童按規定一人五十塊錢
南山樂園的山林裏兩條山一樣高大的中華龍
牌子上說：兩條七彩穿山龍用了三萬張廢舊光碟這些光碟放在環境裏就
　是無法降解的垃圾變成藝術品反過來又美化了環境所以垃圾只是放錯
　位置的藝術品

回去的時候我老爸說要坐公共汽車
「七十歲以上的老頭坐公共汽車不花錢」
車廂裏全是廣告
一個長得像東北人的人有個聽上去像日本人的名字
他豎起大拇指暗示他的全球連鎖機構教你會計電腦英語日語粵語韓語

三十出頭的司機滿腦袋都是沉重的頭油
乘客問他小問題的時候他費勁兒地轉頭
二十出頭的售票員問我去哪裏
「亞太山莊」
「兩塊錢……請你換換這一塊錢，你這一個是假幣，我不追究你責任但
是你也不要這樣看着我我相信你或許不是故意但是你這個真的是假幣
如果你製造假幣你違法如果你傳播假幣你違法如果你使用假幣你違法
你真的是假幣」
我在二零零八年的深圳路口支起攝像機
每時每刻都是西遊記

腫脹

葡萄藤腫脹
葡萄
葡萄腫脹
酒

肉身腫脹
淚水
淚水腫脹
字句

下次

帶兩瓶酒去
不說
一字一句

十年十四行

畢業十年一聚
北京以北的小山裏
生態園裏有鴕鳥駱駝野雞
高音喇叭裏放着「聽這樣音樂的時候我最想你」

你說起你閨女
妳說起妳小子
他說起他女兒
她遙想她兒子要找個甚麼樣的淑女
你放你閨女的照片

妳放妳小子的歌曲
他放他女兒的玩具
她重複她兒子的笑話「你為甚麼遭雷打？因為你買了一張IP卡」
沿着紫槐的山路我一個人走到盡頭
英雄美女功名利祿不過是老天逼你繁衍後代的一個藉口

二零零八年五月三日
北京懷柔

斷絕

你執墨玉刀在黃白的腿骨上刻一個「鳥」字
腿骨生出肌肉長出翅膀飛入蓬蓬的柞樹林子

入諸淫舍
入諸淫舍
入諸淫舍

入諸酒肆
入諸酒肆
入諸酒肆

入諸僧房
入諸僧房
入諸僧房

前念前念
前念前念
前念前念

今念今念
今念今念
今念今念

後念後念
後念後念
後念後念

你用白玉掌在身體裏掏出一隻飛鳥
你黑長的頭髮拂到飛鳥黑長的羽毛

忍

皇后大道西
菜鋪昌記
你有懶漢衫
你抽鬼佬煙
你挑揀着蔬菜洗她們的身體
葉子燃燒所以一切是假的
你怎麼還在呢
「不用扎眼兒了
我身上的洞夠你用了」

「大道無門
我怎麼就進你這兒了？」

我是混蛋我是懦夫
我替老天管好自己
不去禍害人間不去禍害你

時間十四行

少年時代第一次遇見
已經認識你七八百年
你還梳着兩個小辮
我還沒懂如何胡攪蠻纏

中年時代再見
你現代車裏有個靠墊
你問更年期還有多遠
你怕和你媽一樣天天抱怨
不到老年如果我厭倦

你一手拿一杯喜力一手拿一顆中華煙
我如果死在你之前
你走進你常買酒的商店

時間其實是一個兩維的平面
你少年時代送我的錶斷了膠皮的錶鏈

改變

馮夢龍改變了我詩歌的趣味和模樣
《高僧傳》改變了我人生觀的語法和大綱
我媽這個婦女改變了我婦女觀的細節和主張
你這個婦女改變了我雞雞的方向和形狀

一泡尿

TOTO 亂了
靠近西堤的某處昆明湖水亂了
你臉上的脂粉亂了

我朝你走來
就是我的離開

喝了

「你這麼大了，臉上還長包啊？」
「你這麼大了，還沒一個小孩兒啊？」
「私生的算嗎？」
「混蛋！為甚麼不是我的啊？」

我在陰莖發育前後，混沌一團
你從教室門口進來，只有腳踝、頭髮和臉
一塊說不出一句話、走不出一步的泥
安靜地等你，捏成書生、醫生、流氓、奸商，或者娛記

「現在只剩你能讓我隨便地說話、安全地幻想。」

「你小心，我追你、逼你撞南牆。」
「你為甚麼臉是熱的，手卻這麼涼？」
「現在基本沒人能讓我想起減肥、穿漂亮衣裳。」
一個人百分之九十的命運決定於他爸搞他媽的那個夜晚
剩下百分之十的命運決定於他看見她的腳踝、頭髮和臉

命

算命的說
將來
美女對你傻笑
快跑
我說
瞧瞧

前海

在湖邊最高樓
想，對你的下流
風如髮梢穿過臉
百米外一家骨科醫院

短信

「我剛才好像忘了抱你。」
「下次注意。」
「我熱愛婦女。」
「我也愛看世說新語。」

晨雨

雨動
風動
鳥動
枝頭

心頭呢

無賴

賴是個很高的境地
在你面前變成稀泥

誰可以賴
誰讓你賴
能賴多久

又是貪欲
得點望線，得線望面

人間十四行

沒到過人間
沒離過人間
你答應我
不許回到人間

你的眼睛不是來自人間
你的頭髮不是來自人間
你的奶頭不是來自人間
你的屄屄不是來自人間

生活是倒的

香椿木會脅布穀鳥嗎
布穀鳥見過冬天的喇叭花吧
和尚自摸的時候會想起別的和尚的屌嗎

透過你的頭髮看過你的尖下巴
如果他給你安穩 一定要抱着他

美好的事兒

讀《劍橋中國隋唐史》和《舊唐書》
看初唐時候的百萬人口的長安
隔着西堤上的蘆葦和柳樹
看遠處的玉泉山
透過你的頭髮
看你的臉

酒

喝了這麼多瓶
喝不出不同品種或者價錢
喝了這麼多年
喝不出不同產地或者時間

你穿了一件酒紅色的連衣裙
吊帶在後背和前胸勾勒出酒杯
你的髮髻之間擺放松露、雞樅、麝香、沉香、黑莓和藍莓
你的眉眼之間擺放婦好、薛濤、卓文君、李清照、朱七七和蘇小小
氣味像煙花一樣一團一團放出

你到底是動物還是植物？
味道像霧水一樣一寸一寸瀰漫
你到底活了一天還是一千年？

你說這樣的酒應該陳藏二十六年
早一年晚一年喝都是對不起老天

水

你眼睛的面積一定小於湖
你也很少哭
為甚麼坐在你面前
就像站在湖邊
細細的霧水就扯地連天

好人

你的問題是
渾身沒有不是
每晚你睡覺抓着我的手腕
每天你醒來抱緊我的器官

你是我的貝殼但是不是那粒塵埃
你是我的夏天但是不是那片雲彩
你是我的肉肉但是不是那根雞雞
你是我的泉水但是不是那杯茅台

我打坐

我彈琴
我喝茶
我哭泣

我明白所有的事理
為甚麼還是有委屈

無主題

見過不靠譜的
沒見過你這麼不靠譜的
見過熱愛婦女的
沒見過你這麼熱愛婦女的

黑暗中伸向姑娘的
不是你的手
是你一直放養的生命

如花

第一個說姑娘如花的
是天才
第二個說姑娘如花的
也是天才

我第三個說姑娘如花
有人類見過盛開四十年的花嗎？
有人類見過盛開四十年的姑娘嗎？
隔四十年看你的臉龐彷彿五月初看院子裏的海棠

「你還記得小時候的事情嗎？」

「多小？」
「我們當初遇見那麼小。」
「記得北京風來，滿楊樹的塑料袋。」

少年時的愛情不是兩情相悅意亂情迷
是自己看自己的腿毛和雞雞迎風發育

可遇不可求的事

後海有樹的院子
夏代有工的玉
此時此刻的雲
二十來歲的你

周處

像你我這樣的邪房
老天野合降生大地

來開幾扇門
來挖幾座墳
負責貢獻本能
不管撫慰靈魂

我們是世人最好的朋友
我們是世人最差的情人
我們彼此相愛
就是為民除害

類似的顏色

類似的顏色是
荷花高出水面的花瓣
帶紅沁的乾隆素面白玉碗
早上下完雨才出太陽的天
黑暗中剛洗完的你的臉

中醫十四行

學了八年西醫
在卵巢癌面前無助
西醫發明了維生素、抗生素、激素
她在堆滿雜物的走廊裏哭

人需要勝天嗎
人需要敬畏嗎
人需要未知嗎
人需要示弱嗎

你說外感風寒

別吃西藥
扎肩井扎外關
喝碗薑湯出出汗

如果男人愛你得了卵巢癌
如果扎完命門之後針還在

算術

你大於我，大於眼前，大於王國
你小於你，小於森林，小於井底
你等於道，等於愛情，等於生命

我能

星星之火可以燎原嗎？
雞蛋能敲碎石頭嗎？
文字能打敗時間嗎？
愛情能戰勝生活嗎？

拚命看你就記得住嗎？
拚命抱你就能不悶嗎？
拚命傾訴就不陌生嗎？
拚命想念就能見到嗎？

在腎結石開始生成的夏天
心重新變得柔軟
世界觀緩慢改變

方式

適應這個世界最好的方式是寫作
煩的時候我就寫寫
忍不住的時候我就寫寫

想你是否會成為另外一種方式呢
煩的時候我就想想你
忍不住的時候我就想想你

你 (1)

蓮子
蓮花
桃子
包子

對話

「我總是想你，怎麼辦呢？」
「去念佛。」
「我總是想你，怎麼辦呢？」
「去自摸。」
「我總是想你，怎麼辦呢？」
「去上黨課。」

所有的魚

甚麼也長不過一首長詩
甚麼也屎不過前朝歷史
一時喜歡你
我們曾經認識所有的魚

悶

Kiehl 唇膏
Grether's Pasitilles 喉糖
中午靚湯廚房的老湯

我打開包裹的時候
想起你包裹的時候
你被包裝箱弄疼的手

站樁

露台上站樁
風摸我褲襠
陽光抱我肩膀

難道風是你左手
陽光是你右側乳房？

無有

無客
聽到心房的滴答
難道又是你嗎

有風
聞見頭髮的沉香
難道全是虛妄嗎

無客盡日靜
有風終夜涼

愛情

在一起就一切都對
一切
不在一起就一切都不對
一切

無題(2)

深圳，雨
北京，雨
昆明，雨
不見你，到處是雨

戒斷

這個時刻
你不是佛
這個時刻
你是我的

沉香（1）

樹木的心受了傷
細菌和真菌湊上
塵裏水裏歲月裏
糾纏，糾纏，再糾纏，於是沉香

比心沉
比塵土比流水比歲月香
你說，彷彿上好的文章

舊了

很多酒之後
發現自己舊了
部件跟不上電子潮流

你笑着抬頭
眼裏全是舊酒
這些還只有我能保留

沉香(2)

沉你在心底
偶爾香起你

你(2)

人分兩類
是你和不是你
時間分兩類
你在的時候和你不在的時候

為甚麼多數情況下
來的不是你
你不在

神跡

手指破了
指紋再長出來
我忘了你的臉
你的香氣再冒出來

還在

六九冰開
七九燕來
你是立春之後一樹一樹的花開

這麼久了
這麼忍了
這麼簡單的夢裏你不容分說地還在

浪費

沉香串在盒子裏一直香着
你的屄在裙子裏一直水着
浪費呢

婚前

不要用手指
不要用蠟燭
不要用大樹
不要用大叔

明早你就嫁了
不要笑掉下巴
不要笑掉左胯
不要管你爸媽

力量

力量隨距離的平方遞減的是光
力量隨距離的平方遞增的是你

何草不黃

何草不黃？
何屄不荒？
何人不將，經營四方？

雨這麼大，窗裏還有光。
大面積的接觸，作為一個器官，皮膚大過乳房。

致女兒書

煲湯比寫詩重要
自己的手藝比男人重要
頭髮和胸和腰和屁股比臉蛋兒重要
內心強大到混蛋比甚麼都重要

糖

你走進我的房
你看了一眼我的床
水杯子裏扔進一粒糖

我眼

我眼裏你所有的頭髮九年沒短
我眼裏你所有的水九年沒乾
當年不該種相思
一種一寺舍利子

記得

記得你熱褲，綠的
記得你相好，紅的
夏至之至
中海有杏花
北海有蓮花
紅的配綠的

愛你

看見你
游到湖底
越發堅信人類的祖先是魚
所以人類沖澡會歡喜
所以人類見到水會歡喜
所以我觸摸到你的右鰭會歡喜

盡頭

喝酒
蛋屄
混吃
等死
姑娘皆殘
鬚髮皆白

物種起源

公蛤蟆抱住母蛤蟆的腰
母蜘蛛吃了公蜘蛛的屌
風雨搖搖
中心遙遙
九死不掉
你的腰你的屌你的懷抱

花白

白花花的大腿
水靈靈的屄
這麼好的地方留不住你？

睡完之後麻煩不會沒
郵件之後傻屄還會催
儘管我最醉你屄最憔悴

春

春水初生
春林初盛
春風十里，不如你

醉歸

醉鬼
醉歸
明月隨我
一去無回

達賴

六世
前生幾世
風吹過葉子
背面都是你的影子

難得你是一個徹底的情種
二十四歲被沉湖底
難得你還沒來得及不徹底

大於

微觀永遠大於宏觀
你永遠大於人類
今天永遠大於永遠

野有死麇

地上有草
樹上有鳥
你說想看我在北京的樣子
我說我喜歡你散開頭髮的方式

車過瀛台
短信進來
「我們做愛吧」

「你的屁股像馬」
「喜歡你頭髮」
「拿去。用完，別還」

過往

生下來雞雞
軟的
死球時雞雞
軟的
中間的挺和腫脹都是過往

一起

想和你在海邊
一坐一夜
一日千年

小二

不是想喝大
是想喝大了不怕
然後和你說話

小星

雨下了
都濕了
天還是熱的
牛蛙還叫着

我說，就這麼着吧
想你不是一天兩天了
小星一切都好好的

荇菜

學生時週末
帶辭源回家
沒查

工作時酒後
帶福彩回家
沒擦

年輕時歪邪
帶你回家
沒插

向死而在
參差荇菜
太愛必呆

生活

生活沒這麼複雜
種豆子和相思或許都得瓜
你敢試
世界就敢回答

河廣

誰謂屄香
一聞忘傷
誰説屄香
一近斷腸
誰隨屄香
一葦渡江

也信

老師說啊
考雙百你就牛掰了
我考雙百了
老師說啊
這你也信啊

美女說啊
寫首詩我就是你的了
我寫離騷了
美女說啊
這你也信啊

佛陀說啊
會騎自行車就會騎摩托
我會自行車了
佛陀說啊
這你也信啊

梨

在水果裏
你最喜歡全熟而且有點開始腐敗的梨
每次聞到全熟而且有點腐敗的梨
我就想吃你

綻放

「以前沒覺得你這麼淫蕩」

「我幾乎從來不綻放」

再見

你的裙子怎麼穿的？
你的眉毛怎麼彎的？
你的頭髮怎麼盤的？
記不清你
所以要見你要再見你

美國

水龍頭裏的水基本可喝
天基本是藍的
網基本上通的
帳簿和街上的人基本可信

你基本還是遙不可及

初戀

白白的
小小的
緊緊的
香香的

佛說第一次觸摸最接近佛

過份

這麼滑這麼膩的頭髮
還盤起來還用一支鉛筆簪起來
這麼窄這麼平坦的小腹
還用襯衫還用套裝裱起來
這麼長這麼瘦的腿
還用這麼高這麼細的高跟鞋翹起來

老哥

幾乎不能走了
還管醫生要偉哥
幾乎要死了
還要你的女生快活
幾乎到旱季了
你還站到輪椅上張望湖泊

佔有

我想握你的右手
在一條走不完的路上走

不是佔有
是暫有

風雨

像風一樣到來
像根一樣離開

你不在
我不醉
書沒讀完
半杯白水

金剛(1)

「莊嚴佛土者
即非莊嚴
是名莊嚴」

歡喜你
即非歡喜你(的手的頭的眼的臀的胸的面的笑的肏的婉)
是名歡喜你

金剛(2)

「不應住色生心
不應住聲、香、味、觸、法生心
應無所住而生其心」

眼睜睜看着我的畸胎瘤
貪戀你的眉眼
你的喉你的屄你的舌你的手你的頭
沒有糖果的它興高采烈地啃一個苦瓜

輪回

採血
深處採血
醫生說
這嘛兒與許是癌啊

膩着
想更膩着
心說
這嘛兒與許是愛啊

向死而生

向悲催而愛
你說
糾結就糾結吧
否則就不是愛了吧

倔強

喜歡你的倔強
比如你說你想要我
「這個豬頭，別人不要和我搶。」
彷彿在一個馬糞和酒旗飄揚的集市上
山谷裏有所有的月光
溪水一年一畫把字句刻在石頭上

命門

命門之下
可以坐化
泉水淙淙
可以開花

搖搖秋光
顛倒夢想
小星在上
必齊之姜

命門之上
魑魅魍魎
惟汝斷腸
惟汝不永傷

無題(3)

沒想到秋天帝都的柳樹可以這樣綠
沒想到這麼多年了想起你還會下起雨

無題(4)

秋天短到沒有
你我短到不能回頭

無題(5)

你那麼大地鋪開
我那麼荒涼地醒來
小麥之外
七千年以來
姑娘老去
混蛋常在

無題(6)

我們曾經一起上山
你說你先走
我留下對付妖怪

簡單

生活簡單
思想齷齪
每天除了幹你就是幹活

最喜

一個有雨有肉的晚上
和你沒頭沒尾分一瓶酒

無題(7)

當你一頭驢血着的時候我純潔着
當你繼續一頭驢血着的時候我純潔着破滅着
當你一直一頭驢血着的時候我純潔着破滅着混蛋着

前後

很多年之後
身體死亡之前
我一定會想起這個夜晚

剩下的都屬於你

吃完三十串羊肉串三小時之後牙縫那顆孜然
喝完三杯獼猴桃汁一小時之後舌底那顆黑籽
抱完三百六十五次十年之後腦漿你唯一剩下的那顆眼神

無題(8)

知道你在北方海邊，一時，啤酒、貝殼和冷風。想起一時之間、多年以來浪費的妙人、好花草，於是詩：

你是一夜一夜排開的酒
一夜一夜一個人白白流走

無題(9)

這麼大的土地
消滅不了一顆種子
那麼多人沒穿褲子
只看到你暗藍色的裙子

萬里

我嫉妒每一個過插你的人
我嫉妒每一個沒插過你但是見過你的人
我嫉妒每一個摸你頭髮的人
我嫉妒每一個沒摸過你頭髮但是認識你媽媽的人

西風無端起
東邊草滿地
我離佛千萬里
我離佛特別近

麵

心情大壞
吃了一碗西紅柿雞蛋麵
心情大好

手

你不在手邊的時候
手一直想你

睡

睡在哪裏不是：
睡在夢裏
睡在夜裏
睡在你懷裏
睡在你的壞裏

來世

你只穿着頭髮
你只開着淚花
你說下輩子一起做黃瓜、北極蝦

順序

我的優先順序是
黨、國、你、責任，你、你、你

無題(10)

愛你
如呼吸

狐狸

想你
拉你看無欲涅槃的鈞窯筆洗
道理在風中變成狐狸
滅度的瞬間
上下五千年
你搖下車窗，到處亂看

動物學

魚們和魚們說
有個傻屄魚總試着爬向陸地
恐龍們和恐龍們說
有個傻屄恐龍總試着飛向雲裏

馮唐簡歷

男，1971 年生於北京，詩人、作家、古器物愛好者。1998 年，獲協和醫科大學臨床醫學博士。2000 年，獲美國 Emory 大學 MBA 學位。前麥肯錫公司全球董事合夥人。華潤醫療集團創始CEO。現醫療投資，業餘寫作。

代表作：長篇小說《十八歲給我一個姑娘》、《萬物生長》、《北京，北京》、《歡喜》、《不二》、《素女經》，短篇小說集《天下卵》、《搜神記》，散文集《活着活着就老了》、《三十六大》、《在宇宙間不易被風吹散》，詩集《馮唐詩百首》、《不三》，翻譯詩集《飛鳥集》等。

Feng Tang, born 1971 in Beijing, novelist, poet, archaic jade and china collector, and private equity investor. He was a former gynecologist, McKinsey partner, and founding CEO of a large hospital group. He has published six novels including Oneness, one of the best selling novel in HK publishing history. He also published three essay collections and one poem collection. He was awarded 1st position of Top 20 under 40 future literature masters in China.

馮唐 作品

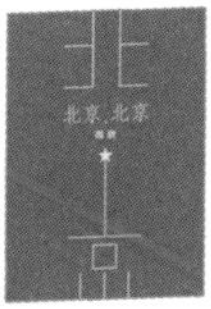

《北京·北京》

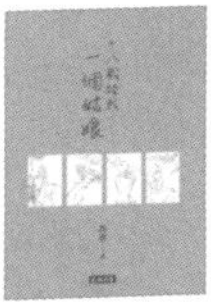
《十八歲給我一個姑娘》

《不二》

《搜神記》

《素女經》

《天下卵》

《萬物生長》

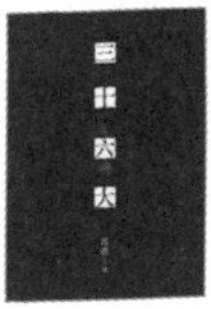
《三十六大》

《在宇宙間不易被風吹散》

《活着活着就老了》

天地

www.cosmosbooks.com.hk

書　　名　馮唐詩百首
作　　者　馮　唐
責任編輯　陳幹持
美術編輯　郭志民
出　　版　天地圖書有限公司
香港皇后大道東109-115號
智群商業中心15字樓（總寫字樓）
電話：2528 3671　傳真：2865 2609
香港灣仔莊士敦道30號地庫／1樓（門市部）
電話：2865 0708　傳真：2861 1541
印　　刷　亨泰印刷有限公司
柴灣利眾街德景工業大廈10字樓
電話：2896 3687　傳真：2558 1902
發　　行　香港聯合書刊物流有限公司
香港新界大埔汀麗路36號中華商務印刷大廈3字樓
電話：2150 2100　傳真：2407 3062
出版日期　2018年3月／初版

ISBN：978-988-8258-41-3